한실 문예창작 동인지 제8집

# 꽃만 봐도 서러운 그날

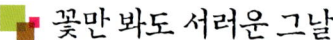
# 꽃만 봐도 서러운 그날

1판 1쇄 : 인쇄 2013년 5월 16일
1판 1쇄 : 발행 2013년 5월 20일

지은이 : 한실 문예창작
펴낸이 : 서동영
펴낸곳 : 서영출판사

출판등록 : 2010년 11월 26일(제25100-2010-000011호)
주소 : 인천광역시 계양구 효성동 200-1 현대 404-103
전화 : 02-338-0117 팩스 : 02-338-7161
이메일 : sdy5608@hanmail.net

그  림 : 박덕은
디자인 : 이원경

ⓒ2013한실 문예창작 seo young printed in incheon korea
ISBN 978-89-97180-32-5 04810
ISBN 978-89-97180-00-4(set)

# 꽃만 봐도 서러운 그날

2013·서영

# 머리말

    한실 문예창작은 1989년 1월에 생겨났다.

    대학교에서 문학개론을 강의하고 있을 때, 강의실 맨 뒷자리에 중년 여성과 신사 몇 분이 앉아 청강하고 있었다. 그분들은 학창 시절 문학에 대한 꿈을 가진 이래 오래도록 가슴에 품고 지내온 분들이었다. 그래서 그분들을 위해 따로 문학 수업의 자리를 마련해 주었는데, 그게 바로 한실 문예창작의 산실이 되었다.

    2013년 올해로 25년째가 되어 가는 한실 문예창작, 지금까지 260여 명의 작가가 배출된 작가의 산실이 되었고, 여러 문학회를 탄생시킨 밑거름이 되어 주었다. 한실 문예창작으로 인하여 생겨난 문학회가 참 많다. 무등 문학회, 생활 문학회, 풀꽃 문학회, 한강아 문학회, 매운향 문학회, 나비섬 문학회, 이화벌 문학회, 강나루 문학회, 죽향골 문학회, 해돋이 문학회, 서라벌 문학회, 울타리 문학회, 그리고 지금도 여전히 지도 교수가 직접 지도하고 있는 문학회로 향그런 문학회, 부드런 문학회, 둥그런 문학회, 싱그런 문학회, 포시런 문학회가 있다. 여기에 인터넷 속에서 활동하고 있는 바로 문학회가 있다. 지역만도 서울을 비롯해 광주, 나주, 순창, 한때는 대구까지 뻗어 나갔다.

    이들 문학회에 소속된 시인들과 문우들이 써낸 시들이 과연 지금까지 몇 편이나 될까. 이루 헤아릴 수 없을 만큼 많을 것이다. 생각해 보면 정말 아름다운 열매들이라 하지 않을 수 없다. 이들이 펴낸 작품집만도 현재 30여 권이 넘는다. 이들이 언젠가는 한국 문학사에 큰 역할을 해내리라 믿는다.

한실 문예창작 문우들은 문학의 특질을 잘 구비한 작품들을 쓰려고 노력하고 있다. 시를 쓰되, 최대한 이미지를 살리고, 낯설게 하기를 하고, 상징의 고리를 잘 이어가고, 되도록 신선한 표현을 하도록 하고, 시의 표현 기법도 다채롭게 활용하고, 또 가능하면 쉬운 시어들을 배치하여, 인생의 의미와 깊이에 접근하여 감동을 주는 시를 쓰려고 애쓰고 있다. 그러다 보면, 알찬 열매, 알찬 시집을 차곡차곡 챙겨 가리라 여기고 있는 것이다.

　　누가 알아 주든 말든, 우리는 끄덕끄덕 그 길로 나아갈 것이다. 문학의 특질을 잘 구비한 작품을 쓰며, 하루하루 알차게 살아갈 것이다. 언젠가는 한국 문학사가 우리를 알아줄 날이 오게 되겠지 하는 마음으로….

　　이번 동인지는 기존 동인지와는 달리 새롭게 단장했다. 문우들의 시는 두 편으로 제한하고, 각 시마다 지도 교수가 직접 그린 그림을 살포시 배치해 놓았다. 정성을 알뜰히 쏟아 놓았으니, 아름다운 시집으로 오래도록 독자들에게 기억되었으면 좋겠다.

　　그동안 열심히 시 창작을 해온 한실 문예창작 문우들의 귀한 손길, 그림을 그려준 지도 교수의 낭만, 창조적 삶을 소중히 여기며 살아가는 시인들의 마음에 이 시간 아낌없는 박수를 보낸다.

- 온갖 봄꽃이 흐드러지게 피어 눈부시도록 아름답고 행복한 날 아침에

한실 문예창작 지도 교수 박덕은

(문학박사, 문학평론가, 시인, 소설가, 수필가, 동화작가, 사진작가, 화가)

# 차 례

# 제1지부 향그런 문학회

호수 김영자

설렘 김난옥

하늘소녀 차은자

하늘빛 정혜숙

청사초롱 고영숙

숲속의향기 정은아

순정파 김순정

신기루 박민자

예말이요 정임자

사랑초 김혜숙

스틸 임희정

최고봉 최효진

비비안리 김명선

파리장 장진규

가슴찻집 김연숙

달맞이 김덕순

가인 정견순

큰언니 김명희

녹원 오영란

늘향기 오효선

동백꽃 김춘행

마타하리 박은영

만나자 김경진

하늘바람 이지혜

빛나 강정애

양단수 최영식

하누리 송미엽

웃는뇌 김미숙

청화 권지현

무궁화 권순남

# 제2지부 부드런 문학회

빛방울 정점례

제인 박향미

운거 이호근

아이비 김숙희

땅콩 손수영

초곡 최기숙

별꽃향기 정회만

빈하수 최승벽

푸른호수 황애라

오로라 강현옥

예와 박계수

이글 조성호

고운빛 이명희

바람소리 노정미

농심천심 임병민

돌란 임난희

모니카 박서옥

파랑새 강정숙

매우만족 박홍주

칸나 이현숙

처음처럼 윤유자

통통 박성숙

이쁜히마궁뎅이 박소라

에밀리아 박정애

조용히 정일봉

바람이 이정옥

꼬맹이 이희경

꽃구름 임정임

다이아몬드 김길자

그녀 김미희

# 제3지부 둥그런 문학회

은달빛 정예영

오렌지 안미정

웅고 조정일

한강아 한강옥

화원 한승희

숲속의공주 김미경

헌책 장헌권

아정 김영순

세런디퍼티 위향환

초록우산 남정이

채송화 정경옥

진주 고명순

푸른화음 김호영

새아씨 김정순

사랑꿈 황조한

서른쯤에 송해룡

호두나무 조연적

하얌 이남옥

해운 박완규

열린창 홍송이

길 최미량

스타 곽기란

샐비어 고경희

초록비 이연정

핑크낭자 문혜숙

청포도 정순애

해바라기 최영애

굿모닝 김한신

오솔길 안정희

노을이 정연숙

# 제4지부 싱그런 문학회

동그라미 전지현

눈꽃송이 강만순

서영 이서영

바다에뜨는별 임순이

꽃바구니 정봉애

미인 유연숙

푸른연꽃 이애순

향원 김향숙

호야네 이은영

은빛날개 정안지

루시아 신명희

꽃요정 김영희

나그네 권현영

매력 박점숙

메리 박정임

앨리스 성은숙

예쁜소녀 서애숙

예스민 소귀옥

오목이 홍윤희

제이슨 김민성

샛별 문인자

찔레꽃 문영미

이제부터 지미숙

푸른꿈 김성희

수채화 서정화

은계 류광열

연분홍장미 김은주

리오넬 김두환

릴리 최인자

내맘의강물 이용우

# 제5지부 포시런 문학회

별이로다 서동영

유리맘 전금희

노란낭만 이후남

전설의영웅 박봉은

소리지기 이숙재

그레이스 전숙경

심향 문재규

송실 주경숙

청선 주경희

해송 신점식

송산 김태환

솔향기 백인옥

신비 박애경

황토 박교영

소야 박소원

바위나리 김금희

꿈영웅 고대성

와이 우호열

50대소녀 장영주

밝은이 김옥희

별바라기 김혜숙

달님 배경아

가을바람 김병희

안젤라 송선녀

곶감 박훈

꽃불 김점숙

뜨개질 정우선

라일락 김선희

빨강 황인수

예쁜미소 허진아

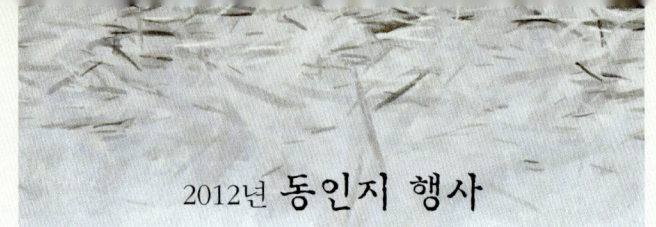

2012년 동인지 행사

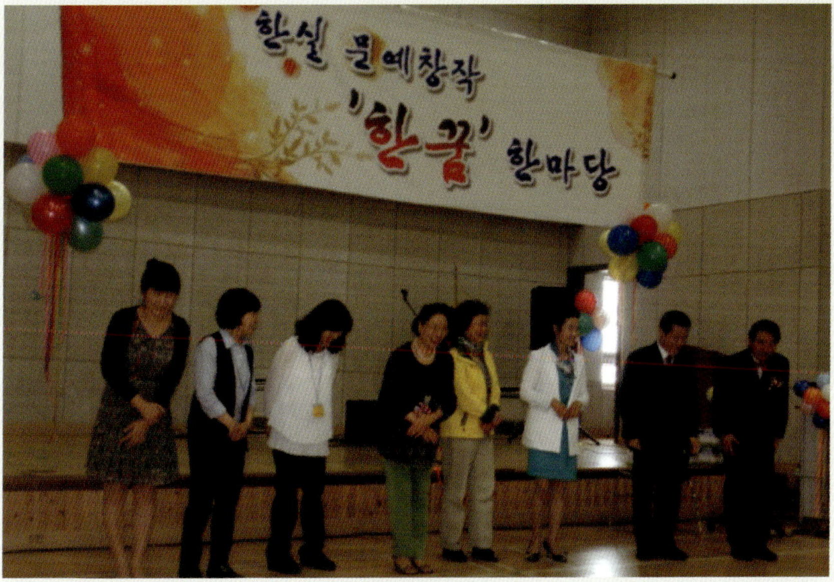
한실 문예창작
'한꿈' 한마당

한실 문예창작
'한꿈' 한마당

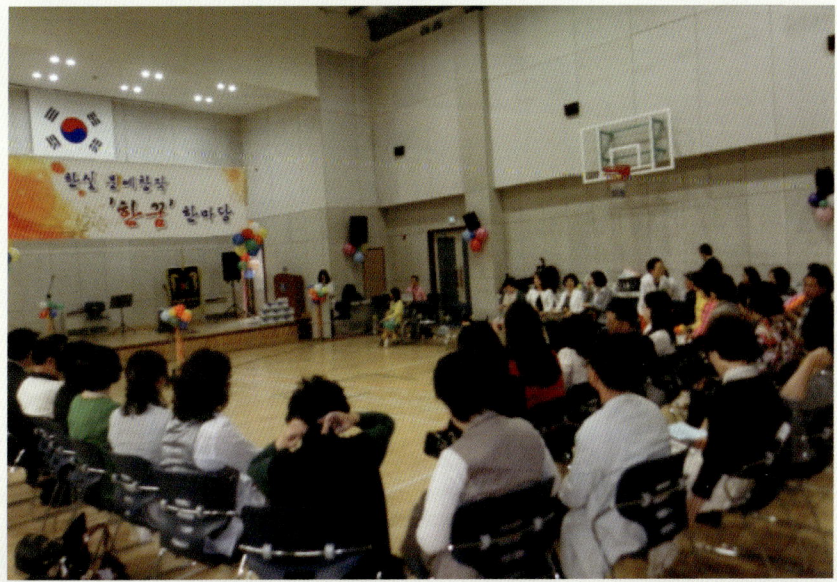

2012년 **여름캠프**

# 2012년 전통문화회관 시화전

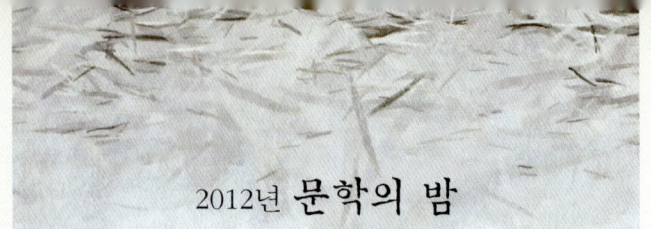

2012년 문학의 밤

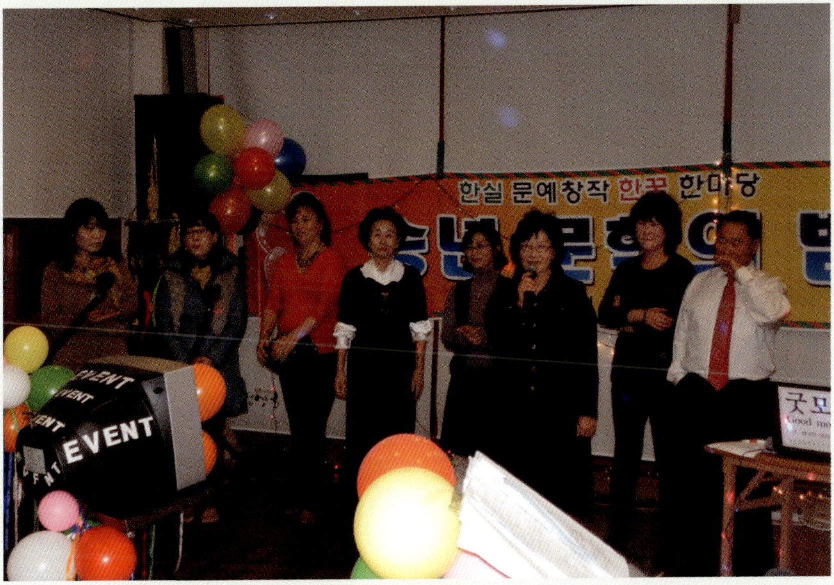
한실 문예창작 한꿈 한마당
EVENT
EVENT

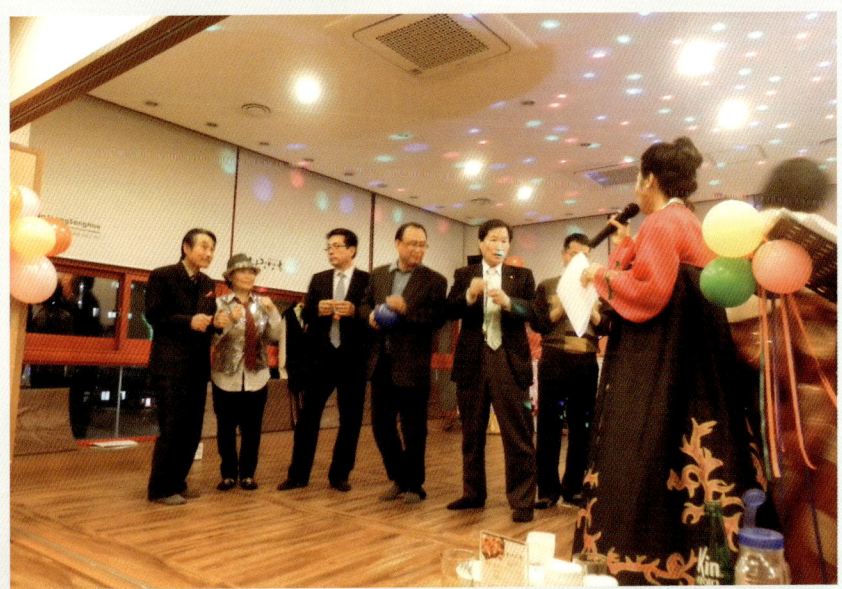

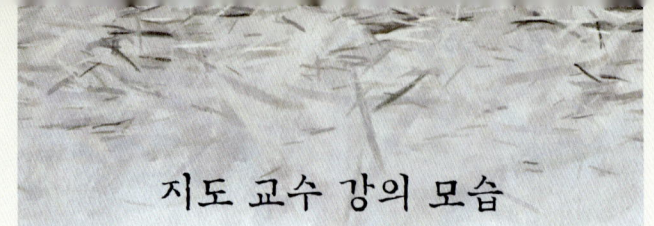

지도 교수 강의 모습

꽃만 봐도 서러운 그날

# 시심詩心

강만순

감성의 뜨락
한 켠에서

색바랜 꿈
쪽빛으로 헹궈

훨훨
펼치면

심연의 소용돌이
서서히 솟구친다.

박덕은 作 [詩心](파스텔화, 2013.4)

# 조약돌

강만순


차이고
차이며

밟히고
밟히며

낮아질수록
더 깊은 소리가 난다

작아질수록
더 맑은 소리가 난다.

박덕은 作 [조약돌](파스텔화, 2013.4)

# 가을 한가운데서

강현옥


스산한 바람 따라
노란 추억들이 출렁대며
가슴을 후벼댄다

저기쯤이었을까
이 시간쯤이었을까

빗장 걸어
묻어 둔 아픔들이
일제히 고개를 치켜든다

외줄 타던 약속은
한 번의 뒤돌아섬으로
형체 없이 사라져 버렸고

죽을 것 같았던 고통도
시간의 길이만큼
희미해져 침잠해 버렸다

영원한 건 없다는 듯
그때그때의 선택에 따라
색깔을 달리할 뿐.

박덕은 作 [가을 한가운데서](파스텔화, 2013.4)

# 분꽃

강현옥

부끄러이 피어나
첫눈에 반해 버린
사랑

이제나저제나
망설이다
고백 한번 못해 보고

환한 꽃등 밝히는
연정戀情의 노래
목놓아 부르건만

아침이면
아닌 척
마음을 오므리고

제풀에 꺾인 채
애타는 속마음
뚝뚝 떨어지네.

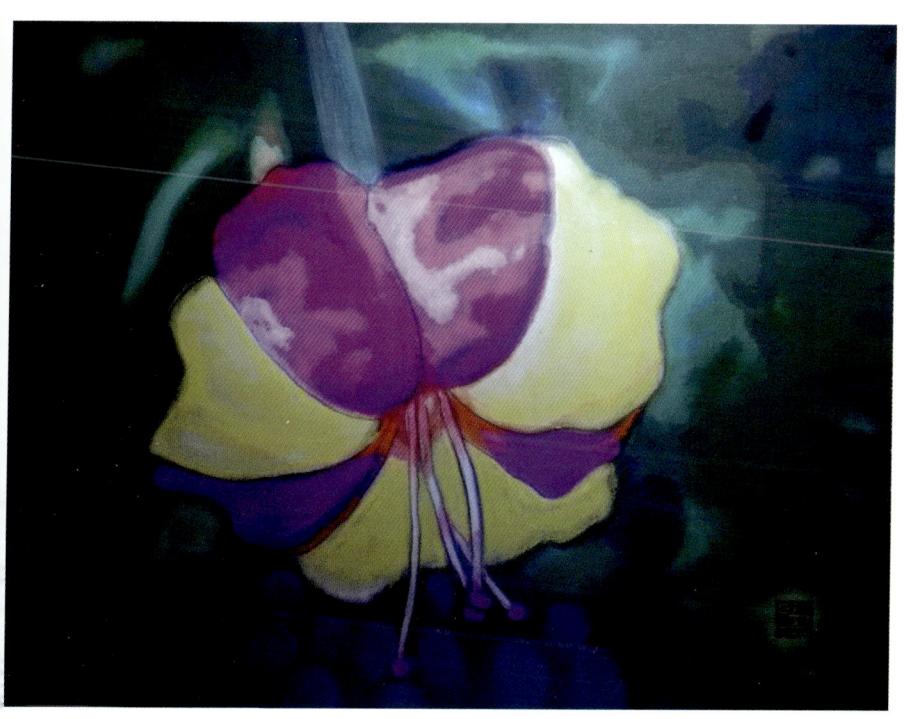

박덕은 作 [분꽃](파스텔화, 2013.4)

# 아버지

고명순

당신은 제게
늘 무관심인 줄
알았습니다

늘 꾸지람과
명령뿐이었습니다

헛기침 소리에도
깜짝깜짝 놀라
늘 당신을 피했습니다

늘 속으로만
안타까움으로 아프셨을 당신

이제야 보이지 않는 곳에서도
언제나 저를 향해
늘 웃고 계심을 깨닫습니다.

박덕은 作 [아버지](파스텔화, 2013.4)

# 오늘은

고명순

노을빛 가득한 우물가에서
눈빛 선한 이를
만나

밤새도록
오월을
이야기하고 싶다

그 달콤한 분위기에 취해
시 한 수 멋스레
뽑아올리고 싶다.

박덕은 作 [오늘은 이렇게](파스텔화, 2013.4)

# 골목 안 사람들

고영숙

귀때기 새파랗던 지붕들이
망초꽃처럼 퇴색해지고부터
대문 돌쩌귀 묵은 쇠 울음 토하고

멍에처럼 짊어진 짐 벗어
빗살 트는 정자 위에
홀가분히 걸어 두고
위안 묶어 등 괴고 앉는다

손에 쥔 꽃 그림이
한 잎씩 무료를 떨궈대면
옹색하게 버틴 이빨 하나
예민한 추억 한 점 포개어
입담 넣은 미련 올려놓고

남은 날들이 시들지 않게
핏발 선 눈빛 쓸어 담아
웃음보의 정을 튼다.

박덕은 作 [골목](파스텔화, 2013.4)

# 봄비

고영숙

잔설 훔쳐
굳은 속살 헤집는
당신은
뉘십니까

힘줄 드러내
울던 숲 녹이는
당신은
뉘십니까

침묵의
허공 밟는
당신은
뉘십니까

마른 가슴
풋내 섞어 애무하는
당신은
뉘십니까.

박덕은 作 [봄비・1](파스텔화, 2013.4)

# 기도

김난옥

일상 언저리에
겨우 등을 얹고 선
애잔한 언덕 보듬어

휘이 휘이
깊은 침묵의 강
휘감아 돌아

저 끝
산자락에 피어나는
뻐꾹 뻐꾹 뻐꾹새 향기.

박덕은 作 [기도](파스텔화, 2013.4)

# 강

김난욱


굽이굽이 돌아
찾아온
결연한 염원

깊은 영혼에서
흐르는
심장의 환희

튼실한 열정으로
달리는
충만한 사랑.

박덕은 作 [강](파스텔화, 2013.4)

# 후리지아

김미경

꽃망울
망울마다
초록꿈
꼭꼭
머금었다

꽃송이
송이마다
노란향
톡톡
터뜨렸다.

박덕은 作 [후리지아](파스텔화, 2013.4)

# 빵꾸

김미경


아저씨!
봄바람 좀
빵빵하게
넣어 주세요.

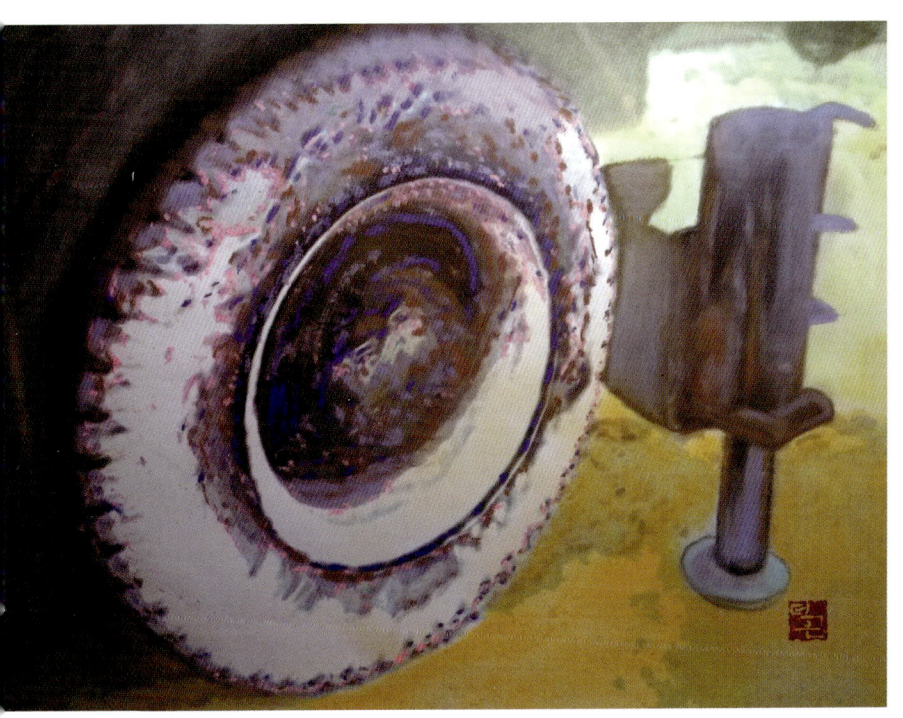

박덕은 作 [빵꾸](파스텔화, 2013.4)

# 늦가을

김숙희

낭만은
흥 한 자락 벗 삼아
어우렁더우렁 춤사위 벌이고

그리움은
풍요로움에 푹 빠져들어
환희를 선사하고

설렘은
신명난 건들마에 올라타
수채화를 그려대고

열정은
곰삭은 정서 위에
맛깔스레 아른대고

순수는
단풍에 올라앉아
오묘한 빛깔로 녹아내리고

추억은

싱그러움까지 휘감은 채

치렁치렁한 여백 담아내고 있다.

박덕은 作 [늦가을](파스텔화, 2013.4)

# 바닷가에서

김숙희

샤부샤부 매끈한 맛에
촉촉한 마음 적시자

낭만자락은 속살거리는 열기 휘감은 채
파도 소리 곱씹는다

동동주 한 사발에 찰랑대는 우정은
따스한 목소리 위로 찰싹찰싹

다정한 눈빛은 서로 어우러져
사랑의 향기 퍼내며 도란도란

노을 가라앉을 때까지
갯내음에 취한 여운 뉘엿뉘엿 깁는다.

박덕은 作 [바닷가에서](파스텔화, 2013.4)

# 독수리 날개

김영순


가슴 안에는
부러지지 않는
날개가 살고 있어

하늬바람에도
찢겨 나가는
그런 날개가 아냐

세찬 바람도
거슬러 올라

공중에서
우아하게 균형 잡다가

땅을 향해
곤두박질도 할 줄 아는
날개

저 푸른 창공을 마음껏

힘차게 힘차게 날아오르는
그런 멋진 날개야.

박덕은 作 [독수리](파스텔화, 2013.4)

# 빈 항아리 속

김영순

비어 있어서 너른 품
하늘 닮은 보고픔이
하늘하늘
나비떼로 날아드는

비어 있어서 맑은 혼
비밀스런 그리움이
아슴아슴
꽃잎 되어 안겨 오는

비어 있어서 깊은 속
눈물도 슬픔도 아리게
링링거리며
맑은 소리 되어 흐르는

비어 있어서 자유로워
비를 담으면 옹달샘으로
눈꽃 담으면 새하얀 꽃밭으로
언제라도 무엇이라도 다 품는.

박덕은 作 [항아리](파스텔화, 2013.4)

# 봄바람

김영자

새순 마알갛게
간지럼 타는
꽃길

그리움의
가슴
송이송이

아직
지치지도
않나 봐

그대가
가는
곳마다

그대가
머무는
곳마다

목련보다 더
새하얀 꽃으로
피어나고 싶어.

박덕은 作 [봄바람 · 1](파스텔화, 2013.4)

# 봄비

김영자


밤새
뒹구는
무언의 몸부림인가

사랑의 꽃을
피우기 위한
열정인가

바싹 마른 심장에
붉은 향기 돌게 하는
뜨거움인가

꽃떨기마다
흐르는
그리움의 피인가.

박덕은 作 [봄비 · 2](파스텔화, 2013.4)

# 늦가을 어느 날

남정이


횡단보도 앞 낯선 생애들
낙엽 흩날리듯
뿔뿔이 흩어져 간다

그리움은
일순 고요를 풀어놓고
버려진 어린 짐승처럼 처량하다

나는 오늘 어디쯤에서 길을 잃어
어느 풀숲에 툭툭 털어내 버린
서늘한 청춘 슬그머니 주워 올까.

박덕은 作 [늦가을 어느 날](파스텔화, 2013.4)

# 삶

남정이


딸랑 김치 하나
때늦은 점심
괜스레 서러워
거울을 본다

어차피 인생은
식은밥 한 덩이
쓱쓱 비벼
자분자분 씹어 삼키죠.

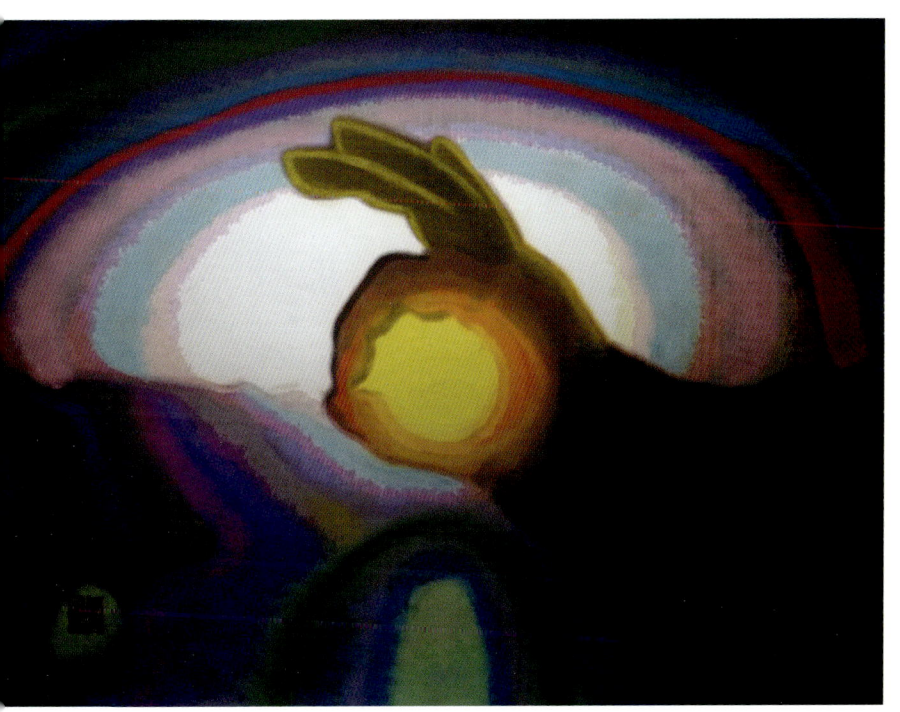

박덕은 作 [삶](파스텔화, 2013.4)

# 외로움

박계수

바람이
휘몰아오는 날엔

어김없이
가슴에 떨어지는

가느다란
선.

박덕은 作 [외로움](파스텔화, 2013.4)

# 회한

박계수


도리질하던
온몸에

피멍울 드리운 채
번지는

여리디여린
울음소리.

박덕은 作 [회한](파스텔화, 2013.4)

# 그리움

박봉은

안개 가득 서린
가슴 깊은 곳에서
새하얀 꽃 한 송이로
부스스 눈을 뜨며
해맑게 피어나

기억 속에 잠겨 있다
끝없이 솟아나는
맑디맑은 영혼 따라
소리 없이 녹아들더니

아련한 시간의 계곡 속에서
끊임없이 끓어오르는
거대한 추억의 불길로
솟구쳐 오르다

파래처럼 하늘 보고
그냥 납작하게 누워
온몸을 바싹 말려대더니

어스름처럼 느릿느릿
나무 타고 내려와
응어리진 가슴속 허전함으로
자리잡는다.

박덕은 作 [그리움 · 1](파스텔화, 2013.4)

# 어느 늦겨울

박봉은

소름이 덮쳐오는
늦은 저녁
먹구름은
눈발 잔뜩 머금은 채
하루 종일 칭얼대고 있고

바람은
빛바랜 추억의 속가슴을
잔인하게 어루만져 도려내고

달빛은
진득진득한 어둠 속에 파묻혀
갈 길 몰라 방황하다
차갑게 얼어붙어 버렸다.

박덕은 作 [어느 늦겨울](파스텔화, 2013.4)

# 가끔은

박향미

노을빛 뒤로 하고
빈 마음 돌아서
가는 길

멈출 수 없는 아픔이
가슴 흔들어
가득 들어차고 맙니다

이럴 때 나는
헐벗은 산야가 되어
외로이 하늘만 쳐다봅니다

오늘 하늘은
외로움인가 봅니다
오늘 하늘은 아픔인가 봅니다

오늘 나의 하루는
몸이 허기지고 마음은 외로워
알싸한 정 한 움큼 몹시 그리운 날인가 봅니다.

박덕은 作 [가끔은](파스텔화, 2013.4)

# 황토방

박향미

축 늘어진 팔다리가
다 타들어 가건만
아무것도
잡히지 않는
공간.

박덕은 作 [황토방](파스텔화, 2013.4)

# 봄처녀

서동영


회색빛 우울
벗고
온다

연분홍 향기처럼
고요 깨치며
온다

초록빛 바람은
저리
수선스러운데

들판에서 서성거리는
새하얀 비처럼
온다.

박덕은 作 [뒷태의 미](파스텔화, 2013.4)

# 회한 悔恨

서동영

새벽안개가 가슴 적시면
나는
한 잔의 술로 입술을 축인다

울다 지친 그림자는
오늘도 흔들거린다

비어 버린 술병에
시린 바람이 춤추고

서러움의 허공에는
네온사인 불빛만 가득하다

이윽고
그리움의 날 선 비늘들이
어깨를 비틀며 문을 나선다.

박덕은 作 [우아함의 노래](파스텔화, 2013.4)

# 돌담 셀프 찻집

차를 멈추고
영혼을 훔치는 여인의 숨소리가
찻잔을 들었다

니스칠 껄끄러운 복도에 앉은
분수대의 물소리는
낯익은 멜로디를 삼키고 있었다

추억의 갈색 몸뚱아리가
즐비하게 늘어선 저 끝에
인연을 붙들고 선 자리

습기를 머금고
질곡의 늪으로
빠져들고 있었다.

90
동인지 제8집

박덕은 作 [돌담 찻집](파스텔화, 2013.4)

# 상흔

손수영

물빛 맞닿은 거리만큼
질긴 복종이
꽃대를 세우고 있다

팽팽한 어지러움 차올라
허기마저도
솟구쳐 오르려 한다

마주치지 못한 눈빛은
수평선을 이루며
서둘러 외줄 타기를 한다.

박덕은 作 [상흔](파스텔화, 2013.4)

# 수국 위의 달팽이

이남옥

바람이
가슴 통증을 흔들어 깨울 때마다
온몸에 꽃가루 찍으며 올라간다

쨍하게 달려들다 지친 보고픔이
사선으로 그어질 때마다
느릿한 고백 껴안고 올라간다

그늘 밑에 숨겨두었다 꺼낸
투명한 얘기 위에 동그란 추억 얹고서
더듬거리며 올라간다

떠나지 않고 맴도는 두근거림으로
시간의 길을 좁다랗게 내며
천천히 올라간다.

박덕은 作 [수국](파스텔화, 2013.4)

# 어느 날

이남옥

잘디잔 노오란 봄 한 삽
바람에 잘 섞어 뿌려 놓고
흠집 없는 시의 모종들을 골라 놓는다

시어들이 튼실한 이랑 사이에
놓일 때마다

눈꺼풀에 붙이고 있는 설렘들이
꿈들을 풀어놓으며
곰살맞게 비비며 돋아나는 시간

어린 유년의 모습은
훌쩍 자라나
에메랄드빛 몸짓으로 나풀거린다.

박덕은 作 [어느 날](파스텔화, 2013.4)

# 행복

이숙재

살랑 바람이 창을 열어
수런수런 말을 건네는
저녁

어수선했던 방안이 활기를 띠고
공기 방울이 통통 뛰어다니는
낯익은 식탁

풋사연들이
잘 여문 씨알과 어우러져
맛있는 내음을 피워 올리면

수저에 웃음 가득 담아
올올이 엮는
기쁨

들깻가루에 범벅된 묵나물이
배시시
미소 보일 때쯤

곰삭은 미련은
구수한 입담으로
익숙한 어제를 알맞게 비비고

내일도 오늘처럼 좋기만 할 것 같은
기대가 부풀어
잘 구어낸 고소한 향내 되어
동구 밖까지 퍼져 간다

누군가 고단한 걸음으로
늦은 귀가를 재촉하는
낡은 어깨 위에
아직은 더 걸어가야 할
그리움을 얹는
가뭄 끝 빗방울처럼.

박덕은 作 [행복](파스텔화, 2013.4)

# 중년

이숙재


숭굴숭굴
수채화 고운 빛
골골마다 굽이굽이

타버릴 것 같은
격정의
푸른 시절 다 사위고

바람이 불고
별무더기 쏟아
지친 밤

낱알 베어낸
허리 둥치 언저리에
길게 누운 쓸쓸함

후드득
내리꽂는 빗줄기에
무겁게 가라앉아

한가운데 하얀 배 드러낸 채
매서운 칼날 끝에 솟는
붉은 불씨

깊게 누른 두터운 더께 위로
뼈 마디마디
쨍하게 시려 운다.

박덕은 作 [중년](파스텔화, 2013.4)

# 연향蓮香

이애순


욕심도 찌든 때도
바람에 날려 버리고

웃는 듯 여미는 듯
초연히 피어나

자욱이 깔린
물안개 속에서도

청아하게 풍겨나는
환희여.

박덕은 作 [蓮香](파스텔화, 2013.4)

# 연꽃

이애순

모든 시름 잊은 채
밤새껏 푸른 장삼 펼쳐

시린 마음
승천하듯이

긴 목 빼고 피어나는
나의 추억.

박덕은 作 [연꽃](파스텔화, 2013.4)

# 이 봄날에

이호근

꽃망울 터지는 추억은
몰려드는 새벽안개 향에 취해
그냥 쪼그리고 있다

영혼의 음계
하나하나
되새기며

옛 동네 어귀엔 아직도
까마득히 너울거리는 고사리 사랑
잔잔히 미소 짓고 있는데

어디선가 쏘아 올린 멜로디 따라
깃털처럼 흘러들어
다문다문 찍힌 그리움

솟대와 나란히 앉아
아직 꺼지지 않은 가로등을
소롯이 올려다보고 있는데

가슴에 허전함 안은

외로움 하나

닿을락말락 앞서가는 시심

바람에 헹구며 그냥 걷고 있는데.

박덕은 作 [이 봄날에](파스텔화, 2013.4)

# 파초

이호근

한여름 땡볕 아래서
수려함
불러 모으고 있다

그 옛날
묵객들의 올곧은 지조
사모하며

불꽃 인생으로
빛바랜 세월
반추하며

속 깊숙이
타오르는 열정
되새김질하며

애달픈 흔적들
휘저어
시심으로 치유하며

그리움도 미움도
선하고 아름다이
감싸 안으며

주렁주렁 매달린
주홍빛 사랑
겸허히 거둬들이며.

박덕은 作 [파초](파스텔화, 2013.4)

# 바람

이후남


하얀 시름에 잠기면
시간도 멈추고 공간도 멈춰 버려

한 줄기 울림마저도
들리지 않아

그런데
어쩌지

찢어진 우산도 없이
영혼을 적시는 너의 그리움은
어쩌지

꽃구름 날개 달고
붉게 일렁이는 나의 열정은
어쩌지

꺼지지 않는 영원한 불꽃을 피우기 위해
어둠 속에서 신음하고 있는 우리의 행복은

또 어쩌지.

박덕은 作 [바람](파스텔화, 2013.4)

# 기다림

이후남


기약 없는 시간만
애타게 쪼아대다

응어리
풀지 못한 채

체념한 듯
돌아서는

향기 잃은
발자욱.

박덕은 作 [기다림](파스텔화, 2013.4)

# 꽃만 봐도 서러운 그날

장헌권

봄빛 가득찬 길가에
하늘의 쌀밥나무들이
흐드러지게 피어 있습니다

오월 꽃잎들은
속잎 겉잎 섞어
꽃무덤으로 엎드려 있습니다

하늘 닮은 영혼들이
주먹밥 얼싸안고
춤을 춥니다

하얀 가슴들이
눈 시리도록 쏟아지는
싱그러움으로
새벽길 열어둡니다.

박덕은 作 [꽃만 봐도 서러운 그날](파스텔화, 2013.4)

# 자전거 타는 시인

장헌권

작열하는 오후
헐거워지는 시간을
옛사랑의 그림자가
바큇살을 흔들어 깨웁니다

그리움 따라 흐르는
시꽃을 배달하기 위해
시심을 안장에 태우고
조용히 페달을 밟습니다

안경테 너머로 흐드러져
벌건 속살에 달라붙은
추억의 들풀이
춤을 춥니다

오르막길 내리막길
수그려 있는 외로움을
마구 휘어젓는
다리가 휘청거립니다

지칠 줄 모르는
새빨간 욕망에
수줍어 남몰래
아우성입니다.

박덕은 作 [자전거 타는 시인](파스텔화, 2013.4)

# 하롱베이 파도

전금희

자유로이 언제 어데로든
떠날 준비가 되어 있는 너를 따라
수십 척의 뱃전에 늘어뜨린 긴 안갯자락으로
친친 몸을 두른 채
너의 크기만 한 하늘 군데군데
심연의 늪 기웃기웃거리며

007 네바다의 한 장면을 필름으로 돌려 가며
도란도란 청빛 쏟아붓는 물그림자에
풍덩 마음 풀어 손잡는다

때맞춰 몽글몽글 연정 퍼내리는 빗줄기와
삐죽삐죽 솟아오르는 된바람에 힘을 빌려
삼 천 개의 섬을 다 돌고 도는 듯이

네가 섬들을 위해 춤을 추기에
나도 나를 위해 춤을 추고 있어.

박덕은 作 [파도](파스텔화, 2013.4)

# 눈물이 난다

전금희

찬바람은 골목을 훑고 지나가지만
낯익은 목소리 흐르는 인사동 찻집에서
꽃불 받쳐 든 저녁을 만나서

술은 가슴을 치고 어깨 들썩여 놓지만
바람개비 돌리듯 오만傲慢한 중심을
함께 돌릴 수 있어서

희미한 발자취 뒤밟는 굼뜬 것들이
누운 추억을 들추어 세우다가
한 모금의 국화차에
눈물과 웃음을 섞어서

누구라도 한 번쯤
꿈결같이 아름다운 너와 나로
그리움과 간절함으로 걸었을 이 길을
나는 나의 어디쯤에 와 발 딛고 있어서

자욱이 피어오르는 안개 같은 이야기가

휘적휘적 짧지 않은 시간 속에서
입속이 환하도록 중얼거리며
서로를 달뜨게 해서

미련으로 띠 두른 보름달이
손가락마다 움켜쥔 아련한 달빛 뿌려 가며
알 수 없는 마지막의 밤하늘
머리에 이고 있어서

깔려 가는 세월에 뒹구는
미처 내놓지 못한 말 포개어
너는 나를 나는 너를 되새김질하면서
미어지는 인파 속으로 차츰 묻혀 가서.

박덕은 作 [찻집에서](파스텔화, 2013.4)

# 사랑

전숙경

원하지도 않았는데
소리 소문없이
살며시 다가와
내 마음에 자리잡고서

발걸음마다
가볍게 하고
행복에 미소를
넘치게 하네.

박덕은 作 [사랑](파스텔화, 2013.4)

# 그리움

전숙경

아침 햇살로
빛나던 모습은
어느새
노을처럼 변했고

진줏빛 눈동자는
어느덧
희미한 안개가
되어 버렸고

산소같이 상큼하던
그 향기도
지금은
간 곳 없고

세월
앞에
서 있네
멍하니.

박덕은 作 [그리움 · 2](파스텔화, 2013.4)

# 추억

정경옥

여린 잎차 입술 적시며
촉촉이 내리는 그리움

질긴 인연으로 버팀목 하나 없이
홀로 앉아 눈물짓던 세월

뒤엉켜 버린 사랑 앞에서도
당당함 잃지 않고

여유로운 차내음과 함께
살아오다.

박덕은 作 [추억](파스텔화, 2013.4)

# 오늘도

정경옥

해 뜨기 전 맨 처음
당신이 보고 싶어
당신과 속삭이고 싶어

새벽부터
눈물범벅
떼 부려 봅니다

당신은 가슴속에 따뜻한 사랑과 향기
당신은 마음속에 참으로 멋진 분
당신은 영혼 속에 너무도 강한 빛.

박덕은 作 [오늘도](파스텔화, 2013.4)

# 나는 너에게

정예영

바람 부는 날
마음 복판에 꽂혀 있는
깃발이고 싶다

비 오는 날이면
한 방울 한 방울 스며든
그대의 영혼이고 싶다

눈 펑펑
쏟아지는 날이면
눈부신 노래이고 싶다

모두 잠든 새벽이면
살며시 가슴에 젖어드는
샐빛 이슬이고 싶다

노을녘에는
오래도록 품어왔던 짝사랑과
영원히 하나이고 싶다.

박덕은 作 [나는 너에게](파스텔화, 2013.4)

# 봄

바람이
향기를
콕 쪼면

알맞게
따스함이
실눈을 뜨고

닳아 뭉툭해진
사연의 모퉁이도
살포시 입을 연다.

박덕은 作 [봄 · 1](파스텔화, 2013.4)

# 춘곤증

봄이 오면 어느새
내 곁에 와 있는
너

너를 쫓기 위해
봄나물도 먹어 보고
눈자위도 눌러 보고
일어나서 맨손 체조도 해 보지만

넌
나를
정말 좋아하나 보다

오늘도 이렇게
내 몸에 찰싹
달라붙어 있으니 말이다.

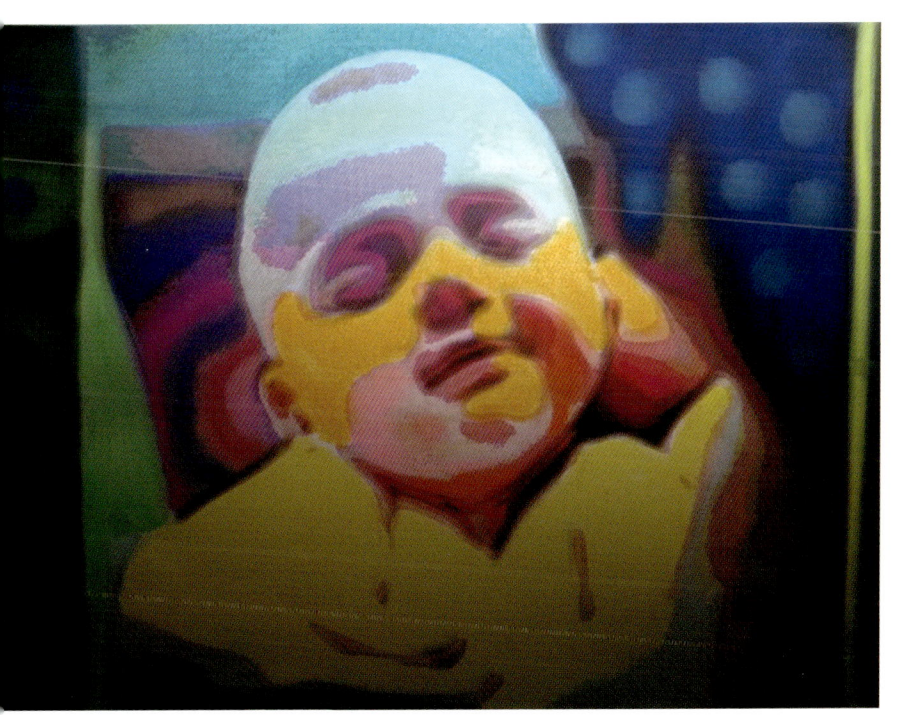

박덕은 作 [춘곤증](파스텔화, 2013.4)

# 봄

정은아

그 모든 시련 이겨내고
어여쁘게 피어난
너

너를 보며 난
희망과 즐거움을 품고
풍요로움과 행복을 얻는다.

박덕은 作 [봄 · 2](파스텔화, 2013.4)

# 한겨울밤에

정점례

한 방울씩
떨어지는 수돗물 소리
가슴에 들어와
잊혀진 지난날을 꺼내어
흔들리는 희미한 불빛에 달아 놓네

뒤척이는 몸살은
어렴풋이 들리는
힘겨운 추억 따라
흔들거리고

꼿꼿한 눈빛은
못난 마음을
가여움 옆에 뉘이고는
새벽별의 속삭임에 화답하며
미지로 여행을 떠나네.

박덕은 作 [한겨울밤에](파스텔화, 2013.4)

# 그리움

정점례


촘촘히
올라오는
추억의 아지랑이

아아라히
늘어서서
훌쩍이고 있다.

박덕은 作 [그리움 · 3](파스텔화, 2013.4)

# 봄

정혜숙

오랜 기다림 끝에
푸릇푸릇 굽은 허리 편
보리밭이
하늘 바라 서 있다

새하얀 매화 향기는
긴 침묵의 터널을 지나
수척한 벽을 뚫고
들길 내달린다

계절의 호흡을 다듬다가
벼랑에 아슬히 내지르던
바람의 목소리도
게으른 산그림자 둘둘 말아 떠나간다.

박덕은 作 [봄 · 3](파스텔화, 2013.4)

# 님 오시는 길목

정혜숙


주름진 발가락을 빠져나가는
인연의 시간들이
휑한 숲 빈 가지에 어룽거리는
풋풋한 빛살 되어
계절 뒤란에 박힌 허물을 벗겨 내리고 있다

아직도 잔기침 머무는 모퉁이엔
풍경 소리 시리게 울고
새들의 아침은
안개 속에 이마를 숨긴 채
낡은 신발을 벗어 던지고 있건만.

박덕은 作 [님 오시는 길목](파스텔화, 2013.4)

# 백서향

정회만

꿈속에서도
얼마나 오매불망 그리워하였기에
그리도 새하얗게 피어났나요

지난가을부터
얼마나 지극 정성으로 빚어냈기에
그리도 달콤한 사랑 퍼 올렸나요

겨우내
얼마나 그렁그렁 글썽거렸기에
그리도 앳되고 청아하게 향기 흩뿌리나요

아른아른 아지랑이처럼
얼마나 아롱져 흘렀기에
그리도 앙증맞은 꽃으로 똘망거리나요.

박덕은 作 [백서향](파스텔화, 2013.4)

# 봄나물

정회만

파릇파릇함이
수다 떨며
소곤소곤

봄비는
애틋함 적시며
보슬보슬

한껏 기지개 켜는
설레임은
뽀로록뽀로록

상큼한 속살은
연초록 숨결로
새록새록

향기로움은
흐드러지게 피어나
한들한들.

박덕은 作 [봄·4](파스텔화, 2013.4)

# 어떤 인연

사방으로
둘러쳐 진 벽

숫은 그리움을
멍석 삼고 앉아

기다림을
곁눈질하면

지친 벽에 기댄 눈물이
문이 되었습니다.

박덕은 作 [어떤 인연](파스텔화, 2013.4)

# 마음 도둑

조 정 일


몰래 한 사랑이
쏠쏠하다 했던가


담 너머 힐끔 훔쳐본 게
끈 되어 매듭이 될 줄이야


행여 알세라
어지렁스레 굴며


석류알 같은 새콤함에
몸이 으스스.

박덕은 作 [마음 도둑](파스텔화, 2013.4)

# 자목련

차은자

겨우내 움츠렸던
가슴 덤불 속 낡은 시간을 쓸어 담아
영혼의 맥박 소리 토해 놓고
젖어 우는 핏빛 가슴

떨고 있는 고비
기다리고 기다리던
사흘 만의 침묵 끝에
사르르 피어난 순수봉오리

목마른 새벽을 열어
아린 사연마다
내면의 소리 나눠 주는
부활의 향기.

박덕은 作 [자목련](파스텔화, 2013.4)

# 시어머니

차은자

1
후드득후드득
한 삽의 시린 눈물이 떨어진다

세월의 두께만큼
추억을 더듬으며
또 한 삽의 속울음이 쏟아진다

2
스르르 잠들어 버린 한 평의 침묵
수의 한 벌 국화꽃으로 덧입고

순수의 품에
나비 되어 날아간다.

박덕은 作 [시어머니](파스텔화, 2013.4)

# 다산서원

최기숙

소나무의
청아함이
오르랑내리랑거리며

눈발 속에
꿋꿋이
정기를 흩날리고

연못은
적막함을
시간 속으로 걷어 올리고

강진만은
충정의 그리움으로
울렁거리고

떠오르는
맑은 시심은
민초로 피어난다.

박덕은 作 [다산서원](파스텔화, 2013.4)

# 내 마음

최기숙

빈 들만큼
황량히 소슬거리는
오늘이라는 마당에

금실 은실로
옥금 그어
꿈나라 세우고

형형색색의
휘파람 만들어
하늘 높이 날린다

내일은
천둥 번개가
휘둥그레 몰아칠지라도.

박덕은 作 [내 마음](파스텔화, 2013.4)

# 그리움

침묵에서 깨어나
오롯이 눈에 새긴
애틋함

소리 없이 깊어 가는
숨결 되어
촉촉이 젖어들더니

꿈처럼 휘늘어진
산책길에
눈부신 열정으로 따라나선다.

박덕은 作 [그리움 · 4](파스텔화, 2013.4)

# 추억

최승벽

나의 추억은
기억하기 위함인가

너의 추억은
무의미한 돌아봄인가

시작이 아닐지라도
누군가에게 추억은
가져가지 않아도 되는 짐

온전한 자신으로서의
삶을 위해
내려놓아도 되는 짐.

박덕은 作 [추억](파스텔화, 2013.4)

# 겨울 보내며

한강옥

님 손에 이끌려
꿈꾸는 사랑의 줄 매고
마주앉아
푸르게 지켜줄 움 돋아났다

입 다문 기다림
그림자 따라 굳은 땅 위에
나란히 녹아들어
배인 자리마다
빨간 방울 하나 더 피어났다.

박덕은 作 [겨울 보내며](파스텔화, 2013.4)

# 들풀

자기 이름이 움튼 그때부터
처음으로 배운 작은 몸짓으로
낮은 곳으로의 길을 내고

안팎으로 이는
목마름을 밀어내고
멈출 수 없는 열정
속으로 다져가며

어제와 오늘의 일이 아닌
반갑지 않은 서글픔이야
이슬처럼 털어 버리고
끝없는 세상 받쳐 주는

줄기찬
푸르름.

박덕은 作 [들풀](파스텔화, 2013.4)

# 저녁때

한승희

버들가지 늘어진 개천가
바람 한 올
노을빛에 물들어

수줍게
풀숲에 숨어
실눈 뜨고 누워 있다

허기진 마음은 저리
낭떠러지에 걸려
찬 기운에 휘감아 도는데

봄꽃들은 저리
초대받지 못한 허전한
가슴 길을 헤매고 있는데.

박덕은 作 [저녁때](파스텔화, 2013.4)

# 봄바람

한승희

한가로이
담벼락에 걸터앉아
기지개 켜다가

연둣빛 밑그림
툭툭 수채화로 수놓더니
수줍은 꽃망울 널어놓는다.

박덕은 作 [봄바람 · 2](파스텔화, 2013.4)

# 그리움

황애라

바람처럼 사는 것은
외롭다 못해
공허하다

바람도 때로는
혼자 살 수 없어
기댈 곳을 찾는다

갈수록
깊어진다기에
끊임없이 바라보다가

아프게 떨어져 나간 자욱이
어느새
먼 길이 되었다

들숨과 날숨의 교차로에서
서로에게 늘 익숙한
낯설음 속

서로 하나가 되기 위해
한 뼘씩 끊고
한 겹씩 비워내며 간다.

박덕은 作 [그리움 · 5](파스텔화, 2013.4)

# 뿐

황애라

서로 거울이 되어
시린 눈빛 속을
외로움으로 걷는다

늘 세상을 이야기하지만
결국에는
목마른 들풀이거나
흔한 바람 한 줄기일 뿐

삶에 충만한
한 떨기 꽃일지라도
이토록 눈부시게
눈앞에 있어도
그저 그리울 뿐

나른한 햇살
봄꽃에 내려앉아도
못다 한 말만
총총히 노을 질 뿐.

박덕은 作 [뿐](파스텔화, 2013.4)

# 이따금

알이 깨진 맘은
어제저녁 술 한잔으로
충전한 뒤

입김에 더범벅인
새벽하늘 향해
출렁출렁 너울치다

주위에 쏟아지는 빛들에 감사하며
한가로이 낚싯대 던져 놓고
시간의 환희를 즐긴다.

박덕은 作 [이따금](파스텔화, 2013.4)

# 장독대

황조한

덩그러니
뒤뜰에 앉아

고독을
음률하고 있다.

박덕은 作 [장독대](파스텔화, 2013.4)

# 박덕은(예명; 박한실. 닉네임; 헤르소)

전남 화순 출생

前 전남대학교 인문과학대학 교수인 朴德垠씨는 [중앙일보] 신춘문예 문학평론 당선, [전남일보](現 광주일보) 신춘문예 동화 당선, [창조문학신문] 신춘문예 시 당선을 비롯하여 전 장르(시, 소설, 동화, 동시, 시조, 수필, 희곡, 문학평론, 아동문학평론, 단편소설, 장편소설, 소년소설)에 걸쳐 등단과 수상을 기록한 문학박사이다.

해학, 위트, 유머, 재치가 넘치는 그의 삶은 열정과 신념으로 가다듬은 122권의 저서에서 다채로운 향기를 품기고 있다. 그리고 그 향기에 취한 '시를 사랑하는 사람들'과 함께 늘 시심을 가다듬기에 여념이 없다. 시를 쓰며 문학을 사랑하며 자신이 택한 길을 올곧게 달려가고 있는 그는 현재 서울을 비롯하여 광주, 나주, 순창, 담양을 시향의 고을로 만들기 위해 오늘도 정성과 최선을 다하고 있다.

건강학 저서로는 〈비타민과 미네랄 & 떠오르는 영양소〉, 〈내 몸에 꼭 맞는 영양가이드〉, 〈내 몸에 꼭 맞는 다이어트 제1권 비만 원인〉, 〈내 몸에 꼭 맞는 다이어트 제2권 비만 탈출〉 등을 펴낸 바 있다.

# 걸어 걸어 찾아온 성지

박덕은

수백리를 걸어 걸어 찾아온 성지,
알고 보니 그대 품안이었습니다
저 멀리서 떠오르는 태양이
휘파람 소리로 쓰다듬습니다
자갈길을 걸어 걸어
애써 도착한 성지,
그러나 그곳엔 회오리바람이 살고 있었습니다
환상의 선인장까지 살고 있었습니다
애달픈 계단을 만들어 놓고 올라가
뜨거운 기도를 올립니다
피리 소리 따라

순례 여행의 끝에서 춤을 춥니다
앞에는 불바람과 절벽이 가로막아 섭니다
연기는 쉴 새 없이 주문을 외워댑니다
탄탄한 다리가 신의 소리를
마구잡이로 실어 나릅니다
밤새 춤을 추며 눈부시게
축제의 밤을 맞이합니다
성스런 피를 뿌리며
신의 나라를 형형색색으로 물들입니다
뛰고 뛰는 사이에
영혼의 고향이 불쑥 다가섭니다
수백리를 걸어 걸어 찾아온 성지,
이제 보니 그대 사랑이었습니다.

## 〈박덕은 프로필〉

* 시인
* 소설가
* 문학 평론가
* 희곡작가
* 동화작가
* 수필가
* 사진작가(270점 전시회 발표)
* 화가(700점 파스텔화 발표)

* 전남대학교 문학석사
* 전북대학교 문학박사
* 前전남대학교 교수
* 前전남대학교 국어국문학과장
* 한실 문예창작 지도 교수
* 논술구술연구소 소장
* 문예창작연구소 소장
* 한국시연구회 이사
* 한국아동문학 동화분과위원장

* 향그런 문학회 지도 교수
* 부드런 문학회 지도 교수
* 둥그런 문학회 지도 교수
* 싱그런 문학회 지도 교수
* 포시런 문학회 지도 교수
* 멋스런 문학회 지도 교수
* 성스런 문학회 지도 교수
* 탐스런 문학회 지도 교수
* 바로 문학회 지도 교수

* [중앙일보] 신춘문예 문학평론 당선
* [전남일보](現: 광주일보) 신춘문예 동화 당선
* [창조문학신문] 신춘문예 시 당선
* [시문학] 시 추천 완료

* [문학공간] 소설 추천신인상
* [문학세계] 희곡 신인문학상
* [아동문예] 소년소설 신인문학상
* [문예사조] 수필 신인문학상
* [시와 시인] 시조 청학신인상
* [아동문학평론] 동시 신인문학상
* [아동문학] 동시 신인문학상
* [문학공간] 본상(장편소설) 수상
* 계몽사 아동문학상 수상(제11회)
* 한국 아동 문화상 수상
* 한국 아동 문예상 수상
* 아동문예작가상 수상(제10회)
* 광주 문학상 수상(제1회)
* 전라남도 문화상 수상(제35회)
* 하운 문학상 수상(제1회)

## 〈박덕은 문학 이론서 발간 현황〉

제1문학이론서 〈현대시창작법〉
제2문학이론서 〈현대 소설의 이론〉
제3문학이론서 〈문학연구방법론〉
제4문학이론서 〈소설의 이론〉
제5문학이론서 〈현대문학비평의 이론과 응용〉
제6문학이론서 〈문체론〉
제7문학이론서 〈문체의 이론과 한국현대소설〉
제8문학이론서 〈한국현대소설의 이론과 적용〉
제9문학이론서 〈시의 이론과 창작〉
제10문학이론서 〈해금작가작품론〉
제11문학이론서 〈디코럼 언어영역〉
제12문학이론서 〈논술 고사 정복〉
제13문학이론서 〈심층면접 구술 고사 정복〉
제14문학이론서 〈둥글파 언어영역〉
제15문학이론서 〈논술교실〉
제16문학이론서 〈꿈샘 논술〉

## 〈박덕은 건강서 발간 현황〉

이상 총 저서 122권 발간

# 한실 문예창작 문우들의 작품집

## 오늘의 詩選集 Series

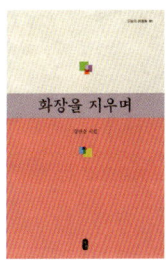

오늘의 詩選集 제1권

화장을 지우며
강만순 지음 / 144면

오늘의 詩選集 제2권

또 한 번 스무 살이 되고 싶은 밤
김숙희 지음 / 160면

오늘의 詩選集 제3권

사랑의 빈자리 될까 봐
박완규 지음 / 144면

오늘의 詩選集 제4권

유모차 탄 강아지
김미경 지음 / 112면

오늘의 詩選集 제5권

이 환장할 봄날에
신점식 지음 / 176면

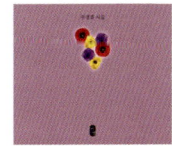

오늘의 詩選集 제6권

작아지고 싶다
주경희 지음 / 176면

오늘의 詩選集 제7권

가을은 어디나 빈자리가 없다
전금희 지음 / 176면

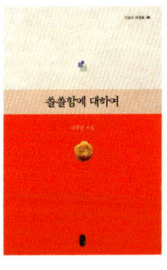

오늘의 詩選集 제8권

쓸쓸함에 대하여
이후남 지음 / 176면

오늘의 詩選集 제9권

바람이 열어 놓은 꽃잎
문재규 지음 / 220면

오늘의 詩選集 제10권

단 한 번 사랑으로도
이호근 지음 / 176면

오늘의 詩選集 제11권

할 말은 가득해도
최승벽 지음 / 176면

오늘의 詩選集 제12권

비밀 일기
박봉은 지음 / 176면

오늘의 詩選集 제13권

꽃만 봐도 서러운 그날
한실 문예창작 동인지 제8집

오늘의 詩選集 제14권

마냥 좋기만 한 그대
최기숙 지음 / 176면

# 개별 작품집

고목나무에 꽃이 핀 사연
김영순 시집

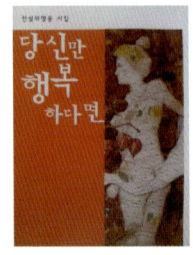

당신만 행복하다면
박봉은 제1시집

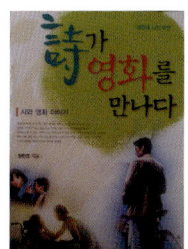

시가 영화를 만나다
장현권 시집

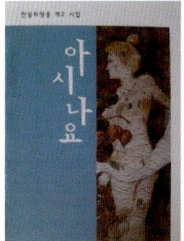

아시나요
박봉은 제2시집

하얀 속울음까지 들켜 버렸잖아
김성순 시집

당신에게 · 하나
박봉은 제3시집

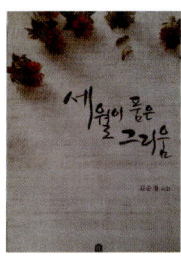

세월이 품은 그리움
김순정 시집

사색은 강물 따라
권자현 시집

입술이 탄다
형광석 시집

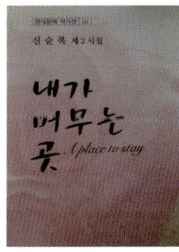

내가 머무는 곳
신순복 시집

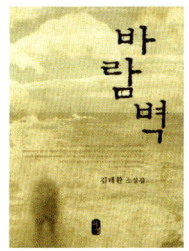

바람벽
김태환 소설

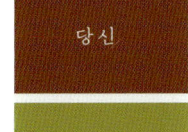

당신
박덕은 시집

# 한실 문예창작 동인지

한실 문예창작 동인지 제1집
『한꿈』

한실 문예창작 동인지 제2집
『한꿈』

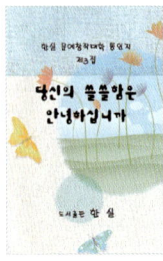
한실 문예창작 동인지 제3집
『당신의 쓸쓸함은 안녕하십니까』

한실 문예창작 동인지 제4집
『목련은 흔들리고 있다』

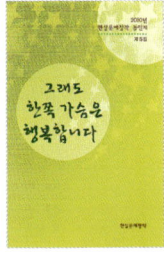
한실 문예창작 동인지 제5집
『그래도 한쪽 가슴은 행복합니다』

한실 문예창작 동인지 제6집
『좋은 걸 어떡해』

한실 문예창작 동인지 제7집
『아직도 사랑인가 봐』

한실 문예창작 동인지 제8집
『꽃만 봐도 서러운 그날』